J. R. R. Tolkien

Worte wie Märchen

J. R. R. Tolkien

Worte wie Märchen

Mit einer Einleitung
herausgegeben von
Maria-Sybille Bienentreu

Herder
Freiburg · Basel · Wien

Diese Auswahl (vgl. Quellenverzeichnis S. 115) erfolgte mit freundlicher Erlaubnis der Verlage Klett-Cotta, Stuttgart, und Georg Bitter, Recklinghausen (für „Der kleine Hobbit").

Umschlagbild: Rogier van de Weyden: Dreikönigsaltar, um 1460. Alte Pinakothek, München. – Bildarchiv J. Zink, Stuttgart; Foto J. Blauel, Gauting bei München

Herstellung: Clausen & Bosse, Leck
ISBN 3-451-22951-X

Inhalt

Einleitung

Seit in den Jahren 1954/1955 „The Lord of the Rings" (deutsch: „Der Herr der Ringe", 1969/70) erschien und seinen beispiellosen Siegeszug rund um die Welt antrat, haben sich viele Millionen Leser, mittlerweile Angehörige mehrerer Generationen, in den Bann eines der erfolgreichsten Zauberer dieses Jahrhunderts begeben: John Ronald Reuen Tolkien (1892–1973). Ein Brief Professor Tolkiens, in dem er den Zusammenhang des „Herrn der Ringe" mit seinen anderen Bücher einem Verleger ausführlichst erklärt, enthält auch eine kurze Erklärung des Wortes „Zauberer", so wie Tolkien selbst es verstanden haben wollte. Hier weist er auf die Verwandtschaft des englischen Wortes „wizard" mit dem Wort „weise" hin und darauf, daß es die Aufgabe der Zauberer ist, „den Feinden des Bösen Rückhalt zu geben, sie zum Gebrauch des eigenen Verstandes und Mutes, zur Einigkeit und zum Ausharren zu bewegen" (Brief an Milton Waldman). J. R. R. Tolkien, dessen

Bücher nunmehr seit Jahrzehnten Millionen von Lesern in aller Welt fesseln, muß mit den wirkmächtigen Zauberern vom Schlage Gandalfs des Grauen (über den es viel zu sagen gäbe, aber seine Geschichte wird anderswo erzählt) verwandt gewesen sein. Er ist ein Zauberer nicht nur, weil seine Bücher die Menschen in diesem 20. Jahrhundert so in den Bann schlagen, sondern weil sie ihn als einen weisen Mann offenbaren, der uns über das Wesen von Gut und Böse und die Beschaffenheit der Welt viel zu sagen hat – und weil er an die besten Kräfte und Gefühle seiner begeisterten Lesern, seien sie alt oder jung, rührt. Wie sonst wäre der bleibende Zauber seiner Bücher zu erklären?

Doch gehören Zauberer nicht in die Welt des Märchens? „Mythos und Märchen“, sagt Tolkien in dem erwähnten Brief, „müssen wie jede Kunst in aufgelöster Form Elemente der ethischen und religiösen Wahrheit (oder des Irrtums) enthalten, aber nicht ausdrücklichermaßen, nicht in der bekannten Form der primär ‚wirklichen Welt‘“ (Brief an Milton Waldman). Der Zauberer Tolkien ist ein

Geschichtenerzähler und in gewisser Weise auch ein Sänger. Nicht von ungefähr ist in all seinen Geschichten immer wieder von Musik die Rede. Tolkien verknüpft uralte Themen – die „Elemente der ethischen und religiösen Wahrheit" – in seinen Geschichten, so wie sich in jeder großen Musik viele Themen harmonisch verbinden. Wie zu Anfang des „Silmarillion" die Geschichte von der Schöpfung mit dem Bilde einer großen Symphonie erzählt wird, so schafft auch Tolkien eine neue Welt, nicht durch Musik, aber durch die verwandte Kunst der Sprache. Es entsteht – im „Silmarillion", im „Herrn der Ringe", in „Der kleine Hobbit" – ein eigener Kosmos, in dem Platz ist für alles, was die Menschen bewegt. Themen, die in diesem kosmischen Gesang anklingen, sind die Liebe zur Schöpfung, die Lebensfreude, das Wesen der Schönheit und der Wille zu künstlerischem Schaffen; es sind die Frage nach dem Bösen, die Kraft der Freundschaft und die Notwendigkeit der Entscheidung – auch für das Opfer. Nicht zuletzt ist die Rede vom Wesen der Erlösung. Ethik, Religion, Ästethik – wenn man will, dann sind dies auch die Themen der alten Märchen. Diese Themen lassen sich nicht immer nach einem Verhältnis eins zu eins von Märchen und ‚wirklichem Leben' nachweisen. Aber das ist ja das Schöne, das Bezaubernde an den alten Geschichten, daß sie zwar aus einer längst vergangenen Zeit zu uns zu sprechen vermögen, daß dieses Sprechen aber nicht ganz eindeutig ist. Zunächst wird der Hörer des Märchens berührt, weil er hinausgeführt wird in eine andere, gleichzeitig faszinierende und erschreckende Welt, erst dann wird er nachdenken und vielleicht Lehren für sich selbst aus dem Märchen ziehen. Doch bleibt das alles sehr geheimnisvoll und je eigen.

Tolkiens Erzählungen sind auch „Worte wie Märchen", weil sie wie die alten Märchen aus einer schieren Freude an der Sprache geboren sind und von ihr Zeugnis ablegen. Bleiben aus den Märchen unserer Kindheit nicht oft nur Schlüsselszenen, vor allem Reime und Sprichwörter im Gedächtnis haften? „Weh', weh' Windchen, nimm Kürtchen sein Hütchen", „O Fallada, da du hangest",

„... und übermorgen hol' ich der Königin ihr Kind" – beliebige Erinnerungen aus Grimmschen Märchen deuten auf die Faszination durch geheimnisvolle Sprachspiele. J. R. R. Tolkien, der Oxforder Professor für Altenglisch, war, wie er selbst berichtet, bereits als Kind von sprachlichen Phänomenen gefesselt. Durch seine Mutter, die ihn in den ersten Jahren bis zu ihrem frühen Tod selbst unterrichtete, wurde ihm zudem die Liebe und die Begabung zur Kalligraphie vererbt. Aus diesen Wurzeln erwuchs nicht zuletzt der Wunsch, Sprachen und Schriften zu erfinden. Liest man die Anhänge des „Herrn der Ringe", die ausführlich die Sprachen der verschiedenen Völker, der Elben, Zwerge, Hobbits und Menschen, die darin vorkommen, diskutieren und – fast wissenschaftlich genau – Kalender- und Übersetzungsfragen untersuchen und Sprachvergleiche anstellen, so sieht man, wie sich einerseits der Schöpfungsdrang Tolkiens aus seiner Sprachliebe speiste, und wie andererseits dieser Schöpferdrang einen solch starken Sinn für die kleinsten Details beinhaltet, daß der Tolkien'sche

Kosmos wirklich vollständig, in sich geschlossen wirkt.

Die Welt, in die der Leser des Tolkien'schen Werkes geführt wird, ist eine geordnete und geschlossene – und vielleicht deswegen so faszinierend. Wer diese Welt betritt, stößt auf unendlich viele Schätze, die der einzelne allein kaum wird heben können. Mag der eine durch die spannenden Abenteuer gefesselt sein, wird die andere den Humor schätzen, den Sinn für das Komische und das Häusliche. Heroisches und Heimeliges finden sich nebeneinander. Mancher Leser ist fasziniert von starken Bildern, die die Gefahren einer übertechnisierten Zeit zu vermitteln scheinen, ein anderer mag einfach berührt sein, weil in unserer nüchternen Zeit jemand das Wissen um die Geheimnisse hinter dem Vordergründigen bewahrt. Wie auch immer, wenige können sich der Faszination von „Mittelerde", wie Tolkien seine Welt nennt, entziehen. Und indem sich die Leser auf diese Welt einlassen, wird die eigene, die ‚wirkliche', die „Primärwelt" nicht nur ein wenig vergoldet, sondern auch erklärt. Im besten

Falle können die großen Themen, die das Werk Tolkiens berührt, in das Leben der Leser hinüberklingen: Wie alle wahrhaft gute Literatur vermögen Tolkiens Geschichten zu erfreuen und zu belehren.

Um gefesselt zu werden durch die eigenartige Welt von Mittelerde, muß man allerdings das Abenteuer der ganzen Reise wagen: Die Lektüre der Tolkien'schen Bücher ähnelt in gewisser Weise den Abenteuern, die darin berichtet werden. So wie sich Bilbo Beutlin in „Der kleine Hobbit" auf eine Abenteuerreise macht und Frodo Beutlin mit den Gefährten des Ringes sich auf ihre ‚ge-fähr-liche' Mission begeben, so müssen auch die Leser eigentlich den ganzen Weg gehen, um zu erfahren, wie die Geschichte – und wie alle Geschichten – ausgehen. Weil aber die Faszination durch Sprache einerseits und der Wunsch nach Erkennen und Verständnis andererseits legitime (und nicht seltene) menschliche Regungen sind, dürfen die „Worte wie Märchen", die hier gesammelt sind, diejenigen einladen zu der weiteren Reise, die bislang den Weg in die Welt Tolkiens noch nicht gefunden haben, und ihnen als kleiner Kompaß dienen; sie können aber auch allen, die die Welt des Zauberers lieben, Andenken sein an die eigene Reise – und vielleicht sogar helfen, einige noch gar nicht entdeckte Aspekte dieser Welt besser zu verstehen.

Maria-Sybille Bienentreu

I. Das Wesen der Schöpfung

Die Phantasie bleibt ein Menschenrecht: Wir schaffen nach unserem Maß und abgeschauten Muster, weil wir selber geschaffen sind – und nicht nur geschaffen, sondern geschaffen
nach dem Bild eines Schöpfers.

Über Märchen, 111

Am Anfang der Zeit

Und es geschah, daß Ilúvatar die Ainur alle zusammenrief und sie eine gewaltige Melodie lehrte, die größere und herrlichere Dinge auftat, als er ihnen je gezeigt hatte; und der Glanz ihres Anfangs und die Pracht ihres Endes verwirrte die Ainur, so daß sie sich vor Ilúvatar verneigten und still waren.

Da sagte Ilúvatar zu ihnen: „Aus dem Thema, das ich euch gewiesen, machet nun in Harmonie gemeinsam eine Große Musik. Und weil ich euch mit der Unverlöschlichen Flamme angefacht habe, so zeiget eure Kräfte und führet mir dies Thema aus, ein jeder nach seiner Art und Kunst, wie's ihm beliebt. Ich aber will sitzen und lauschen und froh sein, da durch euch solche Schönheit zum Liede erwacht."

Da begannen die Stimmen der Ainur zu erschallen wie Harfen und Lauten, Flöten und Posaunen, Geigen und Orgeln, und sie machten aus Ilúvatars Thema eine große Musik; und ein Klang stieg auf von endlos ineinander spielenden Melodien, harmonisch verwoben, und verlor sich in die Höhen und Tiefen jenseits allen Gehörs, und die Räume, wo Ilúvatar wohnte, quollen über, und die Musik und ihr Echo hallten hinaus in die Leere, und sie war nicht mehr leer. Nie wieder haben seither die Ainur eine Musik gleich dieser gespielt, doch heißt es, eine noch schönere solle vor Ilúvatar nach dem Ende aller Tage erklingen, von den Chören der Ainur und der Kinder Ilúvatars. Dann werden die Themen Ilúvatars rechtens gespielt werden und das Sein erlangen in dem Augenblick, da sie erklingen, denn alle werden dann ganz verstanden haben, welches für ihr Teil Ilúvatars Absicht ist, und jeder wird wissen, was jeder weiß, und Ilúvatar wird ihren Gedanken das geheime Feuer geben, und er wird sein Wohlgefallen haben. *Das Silmarillion, 21 / 22*

Jedenfalls geht es bei diesem ganzen Zeug hauptsächlich um den Sündenfall, die Sterblichkeit und die Maschine. Um den Sündenfall ganz unvermeidlich, und dieses Motiv tritt in mehreren Formen auf. Um die Sterblichkeit insofern, als sie die Kunst und das schöpferische (oder, wie ich sagen würde, zweitschöpferische) Verlangen berührt, das biologisch anscheinend funktionslos und von den Befriedigungen des schlichtgewöhnlichen biologischen Daseins geschieden ist, mit denen es in unserer Welt sogar meist im Streit liegt. Dieses Verlangen ist zugleich mit leidenschaftlicher Liebe zu der wirklichen Primärwelt vermählt – und daher vom Vorgefühl des Sterbenmüssens – und doch nicht mit ihr zufrieden. Es hat mancherlei Möglichkeiten zum „Sündenfall". Es kann besitzgierig werden, sich an die geschaffenen Dinge als ein „Eigentum" anklammern; der Zweitschöpfer möchte der Herr und Gott in seiner Privatschöpfung sein. Er wird sich gegen die Gesetze des Schöpfers auflehnen – besonders gegen die Sterblichkeit. Dies beides (je für sich oder zusammen) führt zum Verlangen nach Macht, damit der Wille schneller in die Tat umgesetzt werden kann – und damit zur Maschine (oder Magie). Mit der letzteren meine ich jeden Gebrauch äußerer Kunstgriffe oder Hilfsmittel (Apparate), anstelle der Ausbildung eingeborener innerer Kräfte oder Talente – oder sogar den Gebrauch dieser Talente aus dem korrupten Motiv, herrschen zu wollen: die wirkliche Welt plattzuwalzen oder den Willen anderer zu brechen. Dafür ist die Maschine das moderne, uns geläufige Mittel, obwohl sie mit der Magie näher, als meist angenommen, verwandt ist.

Brief an Milton Waldman, 193 / 194

Kunst und Künstler

Ein Mann erbte ein Stück Land, auf dem ein Haufen alte Steine lag, Reste eines alten Bauwerks. Von diesen Steinen waren manche schon zum Bau des neuen Hauses verwendet worden, in dem der Mann nun wohnte, unweit des alten Hauses seiner Vorfahren. Von den übrigen nahm er ein Teil und baute daraus einen Turm. Als aber seine Freunde kamen, bemerkten sie sogleich und ohne sich erst die Stufen des Turmes hinaufzubemühen, daß diese Steine früher zu einem älteren Bauwerk gehört hatten. Darum rissen sie, die Plackerei nicht scheuend, den Turm wieder ein, um nach versteckten Meißelarbeiten und Inschriften zu suchen oder um zu sehen, wo die frühesten Vorfahren des Mannes ihr Baumaterial herbekommen hätten. Manche, die unter dem Turm ein Kohlelager vermuteten, begannen, den Boden aufzugraben und dachten überhaupt nicht mehr an die Steine. Alle sagten sie: „Dieser Turm ist ja sehr interessant." Aber dann sagten sie auch (nachdem sie ihn eingerissen hatten): „Wie verwahrlost er ist!" Und sogar die Nachkommen des Mannes, von denen man hätte erwarten können, daß sie berücksichtigten, was er vorgehabt hatte, hörte man murmeln: „So ein verrückter alter Knabe! Stellt euch vor, da nimmt er diese alten Steine, um so einen unsinnigen Turm zu bauen! Er hatte keinen Geschmack." Von der Spitze des Turmes aber hatte der Mann aufs Meer hinaussehen können. *Beowulf, 147*

Dafür war er dankbar, denn er begriff bald und sah ein, daß man sich den Wundern von Elbland nicht ohne Gefahr nähern, und daß man vielen der Übel nur mit Waffen entgegentreten kann, die zu mächtig sind, als daß ein Sterblicher sie zu handhaben vermöchte. Er war ein Lernender und Forschender, doch kein Krieger; und wenn er auch mit der Zeit hätte Waffen schmieden können, die in seiner Welt Macht genug gehabt hätten, um Stoff für Sagen zu liefern und von unermeßlichem Wert zu sein, so wußte er doch, daß sie in Elbland nicht viel gegolten hätten. Und daher kennt man, obwohl er so vielerlei Dinge schmiedete, kein einziges Schwert, keinen Speer und keine Pfeilspitze von seiner Hand.

In Elbland wanderte er zuerst meist still unter den geringeren Bewohnern und den edleren Geschöpfen des Waldes und der Auen zauberischer Täler dahin, an klaren Gewässern entlang, in denen nachts fremde Sterne leuchteten und bei Anbruch des Morgens sich die glühenden Spitzen ferner Berge spiegelten. Einige seiner kürzeren Besuche verbracht er damit, nur einen Baum oder eine Blume anzuschauen; doch später, auf längeren Reisen, sah er Dinge von solcher Schönheit und solcher Schreckensmacht, daß er sich ihrer nicht deutlich zu erinnern, noch sie seinen Freunden mitzuteilen vermochte, wenn er auch wußte, daß sie tief in seinem Herzen bewahrt waren. Doch einige vergaß er nicht, und sie blieben in seinem Sinn als Geheimnisse und Wunder, derer er oft gedachte. *Der Schmied von Großholzingen, 103 / 104*

„Ich glaube, er war ein alberner kleiner Mann", sagte Stadtrat Schulze. „Ein Taugenichts; ohne jeden Nutzen für die Gesellschaft." – „Ach, ich weiß nicht", meinte Müller, der nichts Bedeutendes war, bloß ein Schulmeister. „Ich bin nicht so sicher; es kommt darauf an, was Sie unter Nutzen verstehen." – „Eben kein praktischer oder wirtschaftlicher Nutzen", sagte Schulze. „Allerdings hätte er wohl zu einem brauchbaren Rädchen von irgendeiner Art gemacht werden können, wenn ihr Schulmeister euer Geschäft besser verstündet. Aber das tut ihr nicht, und so bekommen wir nutzlose Leute von seiner Sorte. Wenn ich in diesem Land etwas zu sagen hätte, würde ich ihm und seinesgleichen irgendeine Arbeit zuweisen, für die sie geeignet sind, Tellerwaschen in der Gemeindeküche oder derlei, und ich würde schon dafür sorgen, daß sie das richtig erledigen. Oder ich würde sie abschieben. Ihn hätte ich schon viel früher abschieben sollen."

Blatt von Tüftler, 158

„Natürlich kann Malen auch nützlich sein", sagte Schulze. „Aber mit seinem Malen konnte man nichts anfangen. Es gibt haufenweise Möglichkeiten für kühne junge Männer, die sich nicht vor neuen Ideen und neuen Methoden fürchten. Aber für dieses altmodische Zeug nicht. Heimlicher Träumer. Er hätte kein wirkungsvolles Plakat malen können, und wenn es dabei um sein Leben gegangen wäre. Immer bloß mit Blättern und Blumen herumspielen. Ich fragte ihn einmal, warum. Er sagte, er finde sie hübsch. Können Sie sich das vorstellen? *Hübsch* sagte er! ‚Was, Verdauungs- und Geschlechtsorgane von Pflanzen?' fragte ich ihn; und darauf wußte er nichts zu antworten. Alberner Fummler!" *Blatt von Tüftler, 158/159*

Ein Drache ist kein leerer Wahn. Von welchen wirklichen oder erfundenen Geschöpfen er auch abstammen mag, in der Sage ist der Drache eine starke Schöpfung menschlicher Phantasie, mit einem Reichtum an Bedeutung, den alles Gold in seiner Höhle nicht aufwiegt. Noch heute (und den Kritikern zum Trotz) findet man Menschen, denen die Tragödien der Sage und der Geschichte nicht unbekannt sind, die von Helden gehört und sogar schon welche gesehen haben und die dennoch unter den Bann des großen Wurmes gefallen sind.

Beowulf, 161

II. *Mythen und Märchen*

Mythos und Märchen müssen wie jede Kunst in aufgelöster Form Elemente der ethischen und religiösen Wahrheit (oder des Irrtums) enthalten, aber nicht ausdrücklichermaßen, nicht in der bekannten Form der primär „wirklichen" Welt.

Brief an Milton Waldman, 192

Blicke in eine andere Welt

„Aus den Schatten der Sage beginne ich, das Wunder der Bäume ein wenig zu verstehen. Ich erlebe seltsame Tage. Lange haben wir unsere Tiere versorgt und unsere Felder bestellt, unsere Häuser gebaut, unsere Werkzeuge geschmiedet oder sind hinausgeritten, um Minas Tirith in seinen Kriegen zu unterstützen. Und das nennen wir das Leben der Menschen, den Lauf der Welt. Wenig kümmerten wir uns um das, was jenseits unserer Grenzen lag. Lieder haben wir, die von diesen Dingen berichten, aber wir vergessen sie, nur unsere Kinder lehren wir sie, ein Brauch, über den man nicht viel nachdenkt. Und jetzt sind die Lieder aus seltsamen Gegenden zu uns gekommen und wandeln sichtbar unter der Sonne."

Die zwei Türme, 175

Aber eine ebenso grundsätzliche Leidenschaft hatte ich *ab initio* für Mythen (nicht Allegorien!) und Märchen, vor allem, auf dem schmalen Grat zwischen Mär und Historie, für Heldensagen, von denen es auf der Welt für meinen Appetit viel zu wenig (mir Zugängliches) gibt. Erst als ich schon Student war, wurde mir aus Erfahrung und Überlegung deutlich, daß dies keine divergierenden Interessen waren – etwa die Gegenpole von Wissenschaft und Romantizismus – sondern unauflöslich verbundene. Ich bin, was Mythen und Märchen angeht, kein „Gelehrter", denn in solchen Dingen (soweit ich sie kenne) habe ich immer Stoffe gesucht, Dinge von einem gewissen Ton und Atem, und nicht bloß Wissen. *Brief an Milton Waldman, 191*

Altertum hängt wie ein mit vielen Figuren bestickter Vorhang stets hinter der Szene. Im Hintergunrd schreiten Gestalten älterer Mythen vorüber, und durch die Verse des Gedichtes hören wir das Echo alter Kulte, Religionen und Symbole, die dem Bewußtsein des gebildeten Moralisten (der aber auch ein Dichter war) im späten 14. Jahrhundert fernlagen. Seine Erzählung handelt nicht von diesen alten Dingen, empfängt aber von ihnen einen Teil ihrer Lebendigkeit, Bewegtheit und Spannung. So verhält es sich mit allen großen Märchen – zu denen dieses gehört. Es gibt ja keinen geeigneteren Träger moralischer Belehrung als ein gutes Märchen (worunter ich eine wahrhaft tiefverwurzelte Geschichte verstehe, die um ihrer selbst willen erzählt wird und nicht als Mäntelchen für eine moralische Allegorie dient).

Sir Gawain und der Grüne Ritter, 93

Doch wenn wir alles getan haben, was Wissenschaft vermag – die Erzählungen vieler Länder zu sammeln und zu vergleichen –; wenn wir viele jener Elemente, die uns in den Märchen oft begegnen (Stiefmütter, verzauberte Bären und Stiere, menschenfressende Hexen, Namentabus und dergleichen), als Relikte alter Bräuche erklärt haben, die einst im täglichen Leben befolgt wurden, oder als Relikte einer Religion, in der sie einst geglaubt und nicht als ‚Schnurre' belächelt wurden – dann bleibt immer noch eines, das allzuoft vergessen wird, nämlich die Wirkung, die diese alten Stoffe in den Geschichten, so wie sie sind, jetzt hervorrufen.

Über Märchen, 83 / 84

Schließlich glaube ich, daß Sagen und Mythen großenteils aus „Wahrheit" bestehen, ja, daß sie Aspekte der Wahrheit vorweisen, die sich nur in diesem Modus darstellen lassen; und manche Wahrheiten und Darstellungsmodi dieser Art wurden schon vor langer Zeit entdeckt und müssen immer wieder auftreten. Eine „Geschichte" ohne einen Sündenfall kann es nicht geben – alle Geschichten handeln letztlich von Sündenfall-, zumindest für menschliche Geister, so wie wir sie kennen und selber besitzen.

Brief an Milton Waldman, 196

Der wichtigste Eindruck aber, den diese Erzählung *(Von dem Machandelboom)* in meiner Erinnerung hinterlasen hat, war nicht der des Schönen oder Grauenhaften, sondern der Anhauch einer Ferne, eines tiefen Zeitenabgrunds, den auch die *twe dusend johr* nicht auszumessen vermögen. Ohne die Mahlzeit und die Knochen – die man in gezähmten Fassungen der Grimmschen Märchen den Kindern heute allzuoft erspart – wäre dieser Eindruck großenteils verlorengegangen. Ich glaube nicht, daß dieses Grauen *im Rahmen des Märchens* mir geschadet hat, gleichgültig von welch düsterem Glauben und Brauchtum der Vergangenheit es herrühren mag. Solche Geschichten haben heute eine mythische oder totale (nicht analysierbare) Wirkung, die von den Befunden der vergleichenden Volkskunde ganz unabhängig ist und durch sie weder verdorben noch erklärt werden kann. Sie stoßen eine Tür in eine andere Zeit auf, und wenn wir über die Schwelle treten, und sei es nur für einen Augenblick, stehen wir außerhalb unserer Zeit, vielleicht außerhalb der Zeit überhaupt. *Über Märchen, 84*

Die „Eukatastrophe" aber zeigt uns in einem kurzen Aufblitzen, daß es eine höhere Antwort geben mag – einen fernen Widerschein oder ein Echo des *evangelium* in der wirklichen Welt. *Über Märchen, 128/129*

A! Elbereth Gilthoniel!
Silivren penna míriel
O menel aglar elenath,
Gilthoniel, A! Elbereth!
Wir leben unter Bäumen, weit
Vom Meere, doch das Sternenlicht
Des Westens – wir vergessen's nicht.

Die Rückkehr des Königs, 348

Spiegel des Menschen

Auch die Märchen in ihrer Gesamtheit haben drei Gesichter: das mystische, das dem Übernatürlichen zugewandt ist; das magische zur Natur hin; und das Spiegelbild von Mitleid und Verachtung, das sie dem Menschen vorhalten. Das wesentliche Gesicht des Märchens ist das zweite, das magische. Doch in wechselndem Maße und nach dem Willen des einzelnen Erzählers können auch die beiden andern zum Vorschein kommen. Die magische Erzählung, das Märchen kann als ein *Mirour de l'omme* dienen, und es kann auch (doch dies ist nicht so leicht) zum Träger eines Mysteriums gemacht werden.

Über Märchen, 78

„Halblinge!" lachte der Reiter, der neben Éomer stand. „Halblinge! Aber das ist doch nur ein kleines Volk in alten Liedern und Kindermärchen aus dem Norden. Leben wir in Sagen oder auf der grünen Erde im Tageslicht?" „Ein Mensch mag beides tun", sagte Aragorn. „Denn nicht wir, sondern jene, die nach uns kommen, werden die Sagen unserer Zeit erschaffen. Die grüne Erde, sagt Ihr? Das ist ein gewaltiger Sagenstoff, obwohl Ihr bei hellichtem Tag auf ihr wandelt!"

Die zwei Türme, 38

Ich stehe nicht an zu sagen, daß ich bei dem Versuch, die christliche Erzählkunst von dieser Seite her zu verstehen, schon seit langem das Gefühl habe (ein freudiges Gefühl), daß Gott die verderbten Schöpferkreaturen, die Menschen, auf eine Weise erlöst hat, welche diesem und anderen Aspekten ihres seltsamen Wesens gemäß ist. Die Evangelien enthalten ein Märchen – oder eine Erzählung von weiterem Charakter, die das Wesen des Märchens ganz in sich schließt. Sie enthalten vielerlei Wunder – insbesondere Wunder der Kunst, Schönes und Bewegendes: „mythische" Wunder in ihrer vollkommenen, in sich ruhenden Bedeutung. Und eines dieser Wunder ist die größte und vollständigste

Eukatastrophe, die man sich denken kann. Diese Erzählung aber ist in die Geschichte und die Primärwelt eingegangen; der Wunsch und Ehrgeiz der Zweitschöpfung ist zur Erfüllung des Schöpferwerkes erhoben worden. Christi Geburt ist die Eukatastrophe der menschlichen Geschichte. Die Auferstehung ist die Eukatastrophe der Erzählung von der Fleischwerdung. Diese Erzählung beginnt und endet in Freude. Wie keine andere Erzählung hat sie eine ‚innerlich folgerichtige Realität'. Keine andere erscheint uns Menschen als wahrhaftiger, und keiner anderen haben so viele skeptische Menschen aufgrund ihrer inneren Vorzüge Glauben geschenkt. Denn als Kunstwerk besitzt sie die erhabene Überzeugungskraft der primären Kunst, das heißt der göttlichen Schöpfung. Sie abzuweisen, führt entweder zur Traurigkeit oder zur Wut. *Über Märchen, 129 / 130*

Wenn wir das Grüne vom Gras nehmen können, das Blaue vom Himmel und das Rote vom Blut, so verfügen wir – in einer Hinsicht

– schon über Zauberkräfte, und der Wunsch erwacht, diese Kräfte in der Welt außerhalb unseres Geistes zu gebrauchen. Daraus folgt nicht, daß wir in irgendeiner Hinsicht von dieser Kraft einen guten Gebrauch machen werden. Wir können leichenhaftes Grün auf das Gesicht eines Menschen legen und ein Schreckgespenst erschafffen; wir können den seltenen und furchtbaren blauen Mond scheinen lassen; oder wir lassen Wälder mit silbernenem Laub und Widder mit goldenem Vlies aufwachsen und entfachen das heiße Feuer im Bauch des kalten Lindwurms. Doch in einer solchen „Phantasie", wie man dies nennt, wird neue Form geschafffen; das Feienwerk beginnt und der Mensch wird zum Zweitschöpfer. *Über Märchen, 74*

In Gottes Reich aber drückt das Dasein des Höchsten nicht das Kleinste nieder. Der erlöste Mensch bleibt dennoch Mensch. Die Geschichten und Phantasien gehen weiter, und so soll es sein. Das Evangelium hat die Legenden nicht abgeschafft, es hat sie geheiligt, insbesondere den „glücklichen Ausgang". Noch immer muß der Christ sich mühen, mit Leib und Seele; er muß leiden, hoffen und sterben. Doch nun kann er sehen, daß all seine Neigungen und Fähigkeiten einen Sinn haben, der eingelöst werden kann. So groß ist die ihm verliehene Gabe, daß er nun vielleicht mit Recht vermuten darf, daß er selbst durch seine Phantasie daran mitwirken könnte, die Schöpfung mit vielerlei Laubwerk zu bereichern. Alle Geschichten sollen wahr werden, und doch werden sie am Ende, nach ihrer Einlösung, den Formen, die sie von uns erhalten haben, so ähnlich oder unähnlich sein wie der endlich erlöste Mensch dem gefallenen, den wir kennen.

Über Märchen, 130/131

III. „Die Straße gleitet fort und fort“

Die Straße gleitet fort und fort,
Weg von der Tür, wo sie begann,
Weit überland, von Ort zu Ort,
Ich folge ihr, so gut ich kann.
Ihr lauf ich raschen Fußes nach,
Bis sie sich groß und breit verflicht
Mit Weg und Wagnis tausendfach.
Und wohin dann? Ich weiß es nicht.

Die Gefährten, 53

Das Leben, ein Weg

Der Herd ist rot von Feuersglut,
Das Bett steht unterm Dach und gut;
Doch müde ist nicht noch nicht der Fuß.
Dort um die Ecke, welch ein Gruß,
Steht überraschend Baum und Stein,
Von uns entdeckt, von uns allein.
  Baum und Blume, Laub und Gras,
  Was soll das? Was soll das?
  Unterm Himmel Berg und See,
  Geh nur, geh! Geh nur, geh!

Ja, um die Ecke, kommt uns vor,
Da steht geheimnisvoll ein Tor,
Und was wir heute nicht nicht gesehn,
Das ruft uns morgen, fortzugehn
Und führt uns, fremd und ungewohnt,
Bis hin zur Sonne, hin zum Mond.
  Apfel, Schlehe, Dorn und Nuß
  Gilt der Gruß! Gilt der Gruß!
  Sand und Stein und flache Sohl,
  Lebewohl! Lebewohl!

Daheim verblaßt, die Welt rückt nah,
Mit vielen Pfaden liegt sie da
Und lockt durch Schatten, Trug und Nacht,
Bis endlich Stern um Stern erwacht.
Dann wiederum verblaßt die Welt -
Daheim! Wie mir das Wort gefällt!
  Wolke, Zwielicht, Nebeldunst,
  Ohne Gunst! Ohne Gunst!
  Fleisch, Brot und Kerze auf dem Brett,
  Und dann zu Bett! Und dann zu Bett!

Die Gefährten, 104/105

Es war eine mühsame Reise und eine schweigsame und verstohlene dazu. Da klang kein Lied, kein Lachen, kein Harfenspiel, und Stolz und Hoffung, die sich beim Singen der alten Lieder in ihren Herzen geregt hatten, erstarben langsam. Sie wußten, daß sie nun zum Ende ihrer Reise kamen und es ein schreckliches Ende sein konnte. Das Land um sie wurde öde und wüst, obgleich es einmal, wie Thorin ihnen erzählte, grün und freundlich gewesen war. Es gab nur wenig Gras, und es währte nicht lang, da fanden sie weder Baum noch Strauch. Einzig zerborstene und verkohlte Stümpfe berichteten von ihnen. Sie waren in den Verwüstungen des Drachen angelangt, und das Jahr neigte sich dem Ende zu. *Der kleine Hobbit, 234*

Denn die Dunedain glaubten, daß selbst sterbliche Menschen, wenn es ihr Segen so wolle, andere Zeiten erblicken könnten als die Lebzeiten ihres Leibes; und immer war es ihre Sehnsucht, aus den Schatten des Exils zu fliehen und auf irgendeinem Wege an das Licht zu kommen, das nicht stirbt; und das Leid, an den Tod zu denken, war ihnen über die Tiefen der See gefolgt. So kam es, daß große Seefahrer unter ihnen noch immer die leeren Meere absuchten, in der Hoffnung, die Insel des Meneltarma zu finden, und dort ein Gesicht der Dinge von einst zu sehen. Aber sie fanden sie nicht. Und jene, die weit fuhren, beschrieben bloß einen Kreis um die Erde und kehrten am Ende meist wieder dahin zurück, wo sie abgefahren; und sie sagten: „Alle Wege sind krumm heutzutage.„

Das Silmarillion, 309

Da lag Thorin Eichenschild, von vielen Wunden bedeckt. Seine zerfetzte Rüstung und die schartige Axt lagen auf dem Boden. Er schaute auf, als Bilbo an sein Lager trat. „Lebt wohl, guter Dieb“, sagte er. „Ich gehe nun zu den Hallen des langen Wartens, um neben meinen Vätern zu sitzen, bis die Welt erneuert wird. Da ich jetzt alles Gold und Silber lasse und dorthin gehe, wo Reichtümer von geringem Wert sind, möchte ich in Freundschaft von Euch scheiden, und ich möchte zurücknehmen, was ich am großen Tor sagte und tat.“

Bilbo kniete traurig an Thorins Lager nieder. „Lebt wohl, König unter dem Berg!“ sagte er. „Dies ist ein bitteres Abenteuer, wenn es so enden muß. Und nicht ein Berg von Gold kann es gutmachen. Aber ich bin froh, daß ich teilhatte an den Gefahren, die Ihr durchstehen mußtet – das ist mehr, als ein Beutlin verdient hat.“ „Nein!“ erwiderte Thorin. „Es steckt mehr Gutes in Euch, als Ihr selbst wißt. Mut und Weisheit in einem schönen Ebenmaß. Wenn mehr von uns Heiterkeit, gutes Tafeln und klingende Lieder höher als gehortetes Gold schätzen würden, so hätten wir eine fröhlichere Welt. Aber traurig oder fröhlich – ich muß Euch jetzt verlasse. Lebt wohl!"

Der kleine Hobbit, 330/331

„Ich bin froh, daß du hier bei mir bist. Hier am Ende aller Dinge, Sam." „Ja, ich bin bei dir, Herr", sagte Sam und legte Frodos verwundete Hand sanft an seine Brust. „Und du bist bei mir. Und die Fahrt ist zu Ende. Aber nachdem ich den ganzen Weg hergekommen bin, will ich noch nicht aufgeben. Das ist nicht meine Art, wenn du mich verstehst." „Vielleicht nicht, Sam", sagte Frodo. „Aber so sind die Dinge nun mal in der Welt. Hoffnungen täuschen. Es kommt ein Ende. Wir brauchen jetzt nur noch kurze Zeit zu warten. Wir sind umringt von Zerstörung und Untergang, und es gibt kein Entkommen."

Die Rückkehr des Königs, 256

Doch um die Ecke, kommt uns vor,
Da führt noch ein geheimes Tor
Zu Pfaden, die wir nie gesehn.
Es kommt der Tag, da muß ich gehn
Und ungekannte Wege ziehn,
Wohl mondvorbei und sonnenhin.

Die Rückkehr des Königs, 348

Zeit und Ewigkeit

Den Elben ist es beschieden, unsterblich zu sein, die Schönheit der Welt zu lieben, sie mit ihren Gaben des Verfeinerns und Vervollkommnens zur höchsten Blüte zu bringen, zu dauern, solange sie dauert, und sie niemals zu verlassen, nicht einmal, wenn sie „erschlagen" werden, sondern wiederzukehren – und dennoch, wenn die Nachkömmlinge erscheinen, diese zu belehren und ihnen Platz zu machen, zu „schwinden", während die Nachkömmlinge anwachsen und das Leben an sich reißen, aus dem beide Arten hervorgehen. Das Schicksal (oder die Gabe) der Menschen ist die Sterblichkeit, die Freiheit von den Kreisen der Welt. Da der ganze Zyklus aus der Sicht der Elben erzählt wird, findet die Sterblichkeit keine mythische Erklärung: Sie ist ein Geheimnis Gottes, worüber nur soviel bekannt ist, daß „verborgen ist, was Gott den Menschen zugedacht hat" – zum Kummer und zum Neid der unsterblichen Elben.

Brief an Milton Waldman, 195 / 196

„Euer Vertrauen ehrt mich; aber ihr solltet nicht gleich so offenherzig sein. Es gibt Ents und Ents, wißt ihr; oder es gibt Ents und Lebewesen, die wie Ents aussehen, aber keine sind, könnte man sagen. Ich werde euch Merry und Pippin nennen, wenn ihr erlaubt – nette Namen. Denn meinen Namen werde ich euch nicht sagen, jedenfalls jetzt noch nicht." Ein seltsamer Ausdruck, halb listig, halb lustig, trat mit einem grünen Flackern in seine Augen. „Denn erstens würde es viel Zeit kosten: mein Name wächst dauernd, und ich leben schon sehr, sehr lange; deshalb ist mein Name wie eine Geschichte. Wirkliche Namen erzählen einem in meiner Sprache, im alten Entisch, wie ihr sagen könntet, die Geschichte der Dinge zu denen sie gehören. Es ist eine wunderschöne Sprache, aber es braucht viel Zeit, etwas in ihr zu sagen, weil wir gar nichts in ihr sagen, es sei denn, es lohnt sich, so viel Zeit aufzuwenden, um es zu sagen und anzuhören.

Die zwei Türme, 75

Der seßhafte Zwerg sieht manchmal etwas, das dem weitgewanderten Riesen mit den Siebenmeilenstiefeln entgeht. Wenn wir uns mit einer Zeit beschäftigen, in der die Literatur sich in einem engen Umkreis bewegte und die Menschen mit einem weniger vielseitigen Vorrat auskommen mußten, müssen wir versuchen, die tiefen Erwägungen und redlichen Gefühle zu achten und nachzuvollziehen, die sie auf das Wenige verwendeten, das sie besaßen. *Beowulf, 150*

Sie fanden die QUELLE im Herzen des WALDES; nur einmal vor langer Zeit hatte Tüftler sie sich ausgemalt, aber er hatte sie niemals gezeichnet. Jetzt begriff er, daß sie die Quelle des Sees war, der weit entfernt schimmerte, und daß alles, was im Lande wuchs, von ihr gespeist wurde. Die paar Tropfen gaben dem Wasser eine zusammenziehende Wirkung, machten es ziemlich bitter, aber belebend; und sie ließen den Kopf klar werden. Nachdem sie getrunken hatten, ruhte jeder für sich; und dann standen sie auf, und alles ging fröhlich weiter. Zu solchen Zeiten fielen Tüftler wundervolle neue Blumen und Pflanzen ein, und Paris wußte immer genau, wo sie hingesetzt werden mußten und wo sie am besten gediehen. Lang ehe das Stärkungsmittel alle war, hatten sie aufgehört, es zu brauchen. Paris hinkte nicht mehr. *Blatt von Tüftler, 155*

„Könnten Sie mir sagen, wie diese Land heißt?“ „Das wissen Sie nicht?“ wunderte sich der Mann. „Es ist Tüftlers Land. Es ist Tüftlers BILD, oder das meiste davon: ein wenig ist es jetzt auch Paris' Garten.“ „Tüftlers BILD!“ sagte Paris erstaunt. „Haben Sie sich das alles ausgedacht, Tüftler? Ich wußte gar nicht, daß Sie so klug sind. Warum haben Sie mir das nicht gesagt?“ „Er hat schon vor langer Zeit versucht, es Ihnen zu sagen“, erklärte der Mann, „aber Sie wollten es nicht sehen. Damals hatte er nur Leinwand und Farbe, und Sie wollten Ihr Dach damit ausbessern. Sie und Ihre Frau pflegten das Tüftlers UNSINN zu nennen, oder DIESE FARBENKLECKSEREI.“ „Aber es sah auch nicht aus wie das hier, nicht *wirklich*", meinte Paris. „Nein, damals war es nur eine Andeutung", erwiderte der Mann. „Aber Sie hätten die Andeutung verstehen können, wenn Sie jemals geglaubt hätten, daß der Versuch sich lohnen würde."

Blatt von Tüftler, 156/157

IV. „Ein Ring, sie zu knechten“

Ein Ring, sie zu knechten, sie alle zu finden,
Ins Dunkel zu treiben und ewig zu binden
Im Lande Mordor, wo die Schatten drohn.

Die Bedrohung

Doch die Mißtöne Melkors bäumten sich auf und widerstritten ihm, und abermals, heftiger als zuvor, führten die Töne Krieg, bis daß viele der Ainur sich fürchteten und nicht mehr sangen, und Melkor hatte die Oberhand. Abermals stand Ilúvatar auf, und die Ainur sahen, daß seine Miene streng war, und er hob die rechte Hand, und siehe, ein drittes Thema erwuchs aus der Wirrnis, und es war anders als die ersten. Denn zuerst schien es leis und sanft, nur ein Wellenspiel milder Laute und zarter Melodien, doch war es nicht zu übertönen und kam zu Kraft und Würde. Und so schien es nun, als ob zwei Lieder zu gleicher Zeit vor dem Thron Ilúvatars erklängen, und sie waren ganz uneins. Das erste war tief und weit und schön, doch langsam und im Ton eines unermeßlichen Leides, aus dem seine Schönheit entsprang. Das andere hatte nun für sein Teil zu einer Einheit gefunden, doch war es schrill und leer und wiederholte sich endlos; und es hatte nicht vicl Harmonie, sondern eine lärmende Einstimmigkeit, wie wenn viele Trompeten zwischen wenigen Tönen wechseln. Und es war bemüht, das andere Lied mit der Gewalt seiner Stimme zu ersticken, doch schien es, daß seine leuchtendsten Töne von dem anderen Lied ergriffen und in dessen feierlicher Melodie mitgeführt wurden. Inmitten dieses Kampfes, der Ilúvatars Hallen erschütterte, so daß ein Beben in die Räume nie gebrochenen Schweigens hinauslief, stand Ilúvatar ein drittes Mal auf, und sein Antlitz war furchtbar zu schauen. Dann hob er beide Hände, und mit einem Akkord, der tiefer war als der Abgrund, höher als das Firmament und durchdringend wie das Licht aus dem Auge Ilúvatars, endete die Musik.

Das Silmarillion, 22/23

Die Kinder Ilúvatars aber sind Elben und Menschen, die Erstgeborenen und die Nachkömmlinge. Und inmitten all der Wunder der Welt, ihrer weiten Hallen und Räume und kreisenden Feuer, bestimmte Ilúvatar ihnen eine Stätte in den Tiefen der Zeit und inmitten der unzählbaren Sterne zur Wohnung. Und jene Wohnung mag jenen ein Geringes erscheinen, die nur die Größe der Ainur sehen und nicht auch ihre furchtbare Schärfe: Wie wenn einer das ganze Gefilde Ardas zur Grundlage eines Pfeilers nähme und diesen immer höher aufrichtete, so lange, bis der Gipfel spitzer als eine Nadel wäre; oder wer nur an die unermeßliche Weite der Welt denkt, an der die Ainur noch immer bauen, und nicht auch an die feine Genauigkeit, mit der sie ein jedes Ding darinnen bilden. Als nun die Ainur die Wohnung im Gesichte erblickt und die Kinder Ilúvatars hatten erwachen sehen, da wandten viele der Mächtigsten unter ihnen all ihr Denken und Trachten jenem Orte zu. Unter diesen ragte Melkor hervor, wie er auch zu Anfang der Größte unter den Ainur gewesen war, die an der Musik teilhatten. Und er gab vor und glaubte es selbst zuerst, daß er dorthin zu gehen begehre, um alles zum Wohl der Kinder Ilúvatars zu richten, und er hielt die Stürme von Hitze und Kälte im Zaum, die in ihm tobten. Was er begehrte, war aber, sich Elben und Menschen zu unterwefen, denn er neidete ihnen die Gaben, die Ilúvatar ihnen versprach, und er wollte selber Untertanen und Knechte haben und der Herr genannt werden und über andere Willen gebieten. *Das Silmarillion, 24/25*

Wie anderswo erzählt wird, stand Sauron in diesem Alter wieder auf in Mittelerde und machte sich von neuem ans Werk, wie es ihn Morgoth gelehrt, als er in seinem Dienst mächtig wurde. Schon in den Tagen Tar-Minastirs, des elften Königs von Númenor, hatte er das Land Mordor befestigt und den Turm Barad-dûr erbaut, und hernach strebte er unablässig nach der Herrschaft über Mittelerde, denn ein König aller Könige wollte er werden und ein Gott für die Menschen.

Das Silmarillion, 294

Frodo traf jetzt oft fremde Zwerge aus fernen Ländern, die im Westen Zuflucht suchten. Sie waren besorgt, und manche sprachen im Flüsterton von dem Feind und dem Land Mordor.

Diese Namen kannten die Hobbits nur aus den Sagen der dunklen Vergangenheit, und wie ein Schatten lag er über ihren Erinnerungen; er war unheilvoll und beunruhigend. Es schien, als sie die böse Macht in Düsterwald nur vom Weißen Rat vertrieben worden, um in größerer Stärke in den alten Festen von Mordor neu zu erstehen. Der Dunkle Turm sei wieder aufgebaut worden, hieß es. Von dort breitete sich die Macht weitum aus, und im fernen Osten und Süden wurden Kriege geführt, und die Furcht wuchs. Die Orks nahmen wieder an Zahl zu in den Bergen. Trolle waren unterwegs, und sie waren nicht länger einfältig, sondern verschlagen und mit fürchterlichen Waffen ausgerüstet. Und es wurde von Geschöpfen gemurmelt, die noch entsetzlicher seien als diese, aber sie hatten keinen Namen. *Die Gefährten, 63*

Wird der Ring vernichtet, dann wird er stürzen; und er wird so tief stürzen, daß niemand voraussehen kann, ob er sich jemals wieder erhebt. Denn er wird den größten Teil der Kraft verlieren, die ihm innewohnte, als er begann, und alles, was mit dieser Macht vollbracht oder unternommen wurde, wird verfallen, und er wird auf immerdar verstümmelt sein und zu einem bloßen Geist des Bösen werden, der sich in den Schatten selbst verzehrt, aber nicht wieder wachsen oder Gestalt annehmen kann. Und so wird ein große Übel dieser Welt beseitigt sein. Andere Übel gibt es, die kommen mögen; denn Sauron selbst ist nur ein Diener oder Sendling. Doch ist es nicht unsere Aufgabe, alle Zeiträume der Welt zu lenken, sondern das zu tun, wozu wir fähig sind, um in den Jahren Hilfe zu leisten, in die wir hineingeboren sind, das Übel in den Feldern auszumerzen, die wir kennen, damit jene, die später leben, einen sauberen Boden zu bestellen haben. Auf das Wetter, das sie haben werden, können wir keinen Einfluß ausüben. *Die Rückkehr des Königs, 173*

Die vielen Gesichter und Stimmen des Bösen

Saurons Gier und Stolz wuchsen nun, bis er keine Grenzen mehr kannte, und er beschloß, sich zum Herrn aller Dinge in Mittelerde zu machen, die Elben zu vernichten und, wenn er es vermochte, den Sturz von Númenor anzustiften. Er litt keine Freiheit noch Nebenbuhlerschaft und nannte sich den Herrn der Erde. Immer noch konnte er eine Maske tragen, um die Augen er Menschen zu täuschen und weise und edel zu erscheinen, wenn er dies wollte. Doch lieber herrschte er mit Schrecken und Gewalt, wo sie ihm zu Gebote standen; und jene, welche seinen Schatten sich über die Welt breiten sahen, hießen ihn den Dunklen Herrn und den Feind; und um sich scharrte er wieder all die Undinge, die aus Morgoths Tagen noch auf der Erde oder unter ihr waren, und die Orks, die ihm gehorchten, vermehrten sich wie die Fliegen. So begannen die Schwarzen Jahre, welche die Elben die Jahre der Flucht nennen.

Das Silmarillion, 317 / 318

„Erst spät erriet ich, daß Saruman dafür verantwortlich war, und daß er vor langer Zeit alle Wege ausgekundschaftet und meine Geheimnisse entdeckt hatte. Er und sein übles Volk richten jetzt Zerstörungen an. Unten an den Grenzen fällen sie Bäume – gute Bäume. Einige der Bäume hauen sie bloß um und lassen sie liegen, daß sie verrotten – Ork-Streiche sind das; aber die meisten werden zerhackt und weggeschleppt, um die Feuer von Orthanc zu schüren. In diesen Tagen steigt immmer Rauch auf von Isengart. – Verflucht soll er sein, Wurzel und Ast! Viele dieser Bäume waren meine Freunde, Geschöpfe, die ich von Nuß und Eichel an kannte; viele hatten eine eigene Stimme, die nun auf immer verstummt ist. Und jetzt ist dort ein Ödland voller Baumstümpfe und Dornengestrüpp, wo einst singende Haine waren. Ich bin träge gewesen. Ich ließ die Dinge laufen. Das muß aufhören!“ *Die zwei Türme, 85*

Auch die Ebene war angebohrt und untergraben. Schächte waren tief in den Boden hineingetrieben; ihre oberen Enden waren mit niedrigen Hügeln und Kuppeln aus Stein bedeckt, so daß der Ring von Isengart im Mondschein wie ein Friedhof von unruhigen Toten aussah. Denn der Boden zitterte. Die Schächte führten über viele schräge Stollen und Wendeltreppen hinunter in die tiefen Verliese; dort hatte Saruman Schätze, Warenlager, Waffenkammern, Schmieden und große Schmelzöfen. Eiserne Räder drehen sich dort ununterbrochen, und Hämmer dröhnten. Des Nachts strömten Dampfwolken aus den Schloten, auf die von unten rotes oder blaues oder giftgrünes Licht fiel. *Die zwei Türme, 181*

Plötzlich sprach eine andere Stimme, leise und melodisch, allein ihr Klang war eine Verzauberung. Jene, die arglos dieser Stimme lauschten, konnten selten die Worte berichten, die sie gehört hatten; und wenn sie es taten, wunderten sie sich, denn wenig Überzeugungskraft war in ihnen geblieben. Meistens erinnerten sie sich nur, daß es eine Freude gewesen war, die Stimme sprechen zu hören;

alles, was sie sagte, schien klug und vernünftig zu sein, und der Wunsch erwachte in ihnen, durch rasche Zustimmung selbst klug zu scheinen. Wenn andere sprachen, klangen ihre Stimmen im Vergleich dazu schrill und grob; und wenn sie der Stimme widersprachen, entbrannte Ärger in den Herzen jener, die von ihr bezaubert waren. Bei manchen hielt der Zauber nur so lange an, wie die Stimme zu ihnen sprach, und wenn sie mit einem anderen sprach, lächelten sie, wie Männer lächeln, die das Kunststück eines Gauklers schon durchschauen, während andere noch Mund und Nase aufsperren. Für viele war allein der Klang der Stimme ausreichend, sie im Banne zu halten; aber bei denjenigen, die von ihr bezwungen worden waren, hielt der Zauber an, auch wenn sie weit fort waren, und immer hörten sie diese sanfte Stimme flüstern und sie anspornen. Aber keiner blieb ungerührt; keiner wies ihre Bitten und Befehle zurück, ohne eine Anstrengung des Geistes und des Willens, solange er noch die Herrschaft darüber hatte. *Die zwei Türme, 109*

Vergeblich erhoben die Menschen drohend die Fäuste gegen die erbarmungslosen Feinde, die sich vor dem Tor drängten. Flüche beachteten sie nicht, oder verstanden die Sprache der westlichen Menschen nicht, und sie kreischten mit rauhen Stimmen wie Tiere oder Aasvögel. Doch bald gab es nur noch wenige in Minas Tirith, die den Mut hatten, den Heeren von Mordor entgegenzutreten und Widerstand zu leisten. Denn noch eine andere Waffe, die schneller wirkte als Hunger, hatte der Herr des Dunklen Turms: Furcht und Verzweiflung. *Die Rückkehr des Königs, 106*

Und dennoch drangen die Schatten, als sie fort waren, wieder auf die Menschen ein, und ihre Herzen wurden kalt, und Gondors Tapferkeit zerfiel zu Asche. Und so ging ein düsterer Tag der Ängste langsam in die Dunkelheit einer hoffnungslosen Nacht über. Brände wüteten jetzt ungehindert im ersten Ring der Stadt, und der Besatzung auf der äußeren Mauer war schon an vielen Stellen der Rückzug abgeschnitten. Aber der Pflichttreuen, die in ihren Stellungen blieben, waren nur wenige; die meisten hatten sich jenseits des zweiten Tores in Sicherheit gebracht.

Die Rückkehr des Königs, 107

„Werk des Feindes!“ sagte Gandalf. „Solche Taten liebt er: der Freund kämpft mit dem Freund; Zwiespalt der Treue in der Verwirrung der Herzen.“ *Die Rückkehr des Königs, 140*

„Ihr seid nicht befugt, Truchseß von Gondor, die Stunde Eures Todes zu bestimmen“, antwortete Gandalf. „Und nur die götzendienerischen Könige unter der Herrschaft der Dunklen Macht verfuhren so, töteten sich selbst in Stolz und Verzweiflung, ermordeten ihre Sippe, um ihren eigenen Tod zu erleichtern.“ *Die Rückkehr des Königs, 142*

Es war eine der traurigsten Stunden ihres Lebens. Der große Schornstein ragte vor ihnen auf; und als sie sich zwischen Reihen von neuen schäbigen Häusern zu beiden Seiten der Straße dem alten Dorf jenseits der Wässer näherten, sahen sie die neue Mühle in all ihrer finsteren und schmutzigen Häßlichekit: ein großes Backsteingebäude, das den Bach überwölbte und ihn mit einer herausströmenden dampfenden und stinkenden Flüssigkeit verunreinigte. Entlang der Wasseraustraße waren alle Bäume gefällt.

Die Rückkehr des Königs, 334

Die Bäume waren der schwerste Verlust und Schaden, denn auf Scharrers Befehl waren sie weit und breit im Auenland abgeschlagen worden; und Sam empfand das schmerzlicher als alles andere. Denn zum einen würde es lange brauchen, bis diese Wunde verheilte, und erst seine Urenkel, glaubte er, würden das Auenland wieder so sehen, wie es sein sollte. *Die Rückkkehr des Königs, 342*

V. „Lache nie über Drachen“

Lache nie über Drachen, solange sie lebendig sind, Bilbo du Narr! sagte er zu sich selbst – und das wurde später einer seiner Lieblingssprüche (heute ist es sogar ein Sprichwort).

Der kleine Hobbit, 262

Humor und Weisheit

„*Elben und Drachen,* sage ich als zu ihm. *Kohl und Kartoffeln sind besser für mich und dich. Laß dich nicht hineinziehen in die Angelegenheiten deiner Herrschaft, sonst bekommst du Verdruß, der zu groß ist für dich,* sage ich als zu ihm. Und das könnte ich auch zu anderen sagen" fügte er mit einem Blick auf den Fremden und den Müller hinzu.

Die Gefährten, 38

In diesem Augenblick war wieder ein rollendes und dröhnendes Geräusch zu hören, lauter und tiefer. Der Boden schien unter ihren Füßen zu erzittern. „Ich glaube, wir sind sowieso in Schwierigkeiten", sagte Frodo. „Ich fürchte, unsere Wanderung nähert sich ihrem Ende." – „Vielleicht", sagte Sam. „Aber wo Leben ist, ist noch Hoffnung, wie der Ohm zu sagen pflegte; und Verlangen nach der Weinbuddel, wie er meistens hinzufügte. Iß einen Happen, Herr Frodo, und schlaf dann ein bißchen."

Die zwei Türme, 355/356

Olifant

Grau wie die Maus,
Groß wie ein Haus,
Schnauze wie Schlange;
Erde bebt bange,
Zieh ich durchs Gras,
Baum bricht wie Glas,
Hörner im Maul
Schüttle ich faul
Mein Ohrenpaar;
Jahr um Jahr
Zieh ich dahin,
Leg mich nie hin.
Olifant bin ich benannt,
Größter im Land,
Riesig und alt.
Meine Gestalt,
Sahst du mich hie,
Vergißt du nie,
Sahst du mich nicht,
Glaubst du auch nicht,
Daß es mich gibt.
Doch als ehrlicher Olifant
Bleib ich bekannt *Die zwei Türme, 291/292*

Nachdem Herr Glück gefrühstückt hatte, setzte er seinen grünen Zylinderhut auf – weil das Giraffinchen ja meinte, das Wetter würde sonnig und schön. „So", sagte er, „jetzt kaufe ich mir ein Autor." Er schwang sich auf sein Fahrrad und fuhr den Hügel hinunter zum Dorf. Er ging in den Kaufladen und sagte: „Ich möchte bitte ein Autor." „Welche Farbe?" fragte Herr Bink. „Hellgelb", sagte Herr Glück, „innen und außen." „Das macht fünf Mark", sagte Herr Bink. „Es soll aber rote Räder haben", sagte Herr Glück. „Dann kostet es fünfzig Pfennig mehr." „Das macht nichts", sagte Herr Glück. „Aber ich habe kein Geld bei mir." „Das macht nichts; Sie lassen mir einfach Ihr Fahrrad hier, und wenn Sie das Geld bringen, bekommen Sie es zurück." Es war ein sehr schönes Fahrrad, ganz silbern – bloß hatte es keine Pedale, weil Herr Glück damit immer nur bergab fuhr.

Herr Glück, 18 / 20

Misch dich nicht in die Angelegenheiten von Zauberern ein, denn sie sind schwierig und rasch erzürnt. *Die zwei Türme, 224*

Ein Hoch dem Bade, dem edlen Genuß,
der abspült den Staub und des Tages
Verdruß!
Ein armer Tropf und Schmutzfink heißt,
Wer Heißes Wasser nicht lobt und preist!

O! Zärtlich klingt des Regens Laut
Und das Rieseln des Baches im Wiesenkraut,
Doch nimmer tut Regen und Bach so gut,
Wie Heißes Wasser im Zuber tut.

O Wasser kalt! Wohl trinken wir
Dich, eh wir verdursten, und danken dir,
Doch zum Trinken ist Bier eine bessere Gab',
Und Heiß Wasser soll fließen den Rücken
hinab.

O! Wasser, das dem Springquell gleich
Gen Himmel steigt, ist wonnenreich;
Doch niemals rauscht ein Springquell so süß,
Wie Heißes Wasser nur – platsch! auf die
Füß!

Die Gefährten, 131

Die Stärke der Schwachen

Ohne das Hohe und Edle ist das Schlichte und Gewöhnliche einfach bloß gemein, ohne das Schlichte und Gewöhnliche ist das Edle und Heroische sinnlos.

Brief an Milton Waldman, 213

„Soweit mir bekannt ist, gibt es keine Macht in der Welt, die alles über Hobbits weiß. Unter den Weisen bin ich der einzige, der sich mit Hobbitkunde befaßt: ein unbekannter Wissenszweig, aber voller Überraschungen. Weich wie Butter können sie sein, und doch bisweilen zäh wie alte Baumwurzeln. Ich halte es für wahrscheinlich, daß manche den Ringen weit länger widerstehen können, als die meisten Weisen vermuten würden."

Die Gefährten, 69

Und hier war er, ein kleiner Halbling aus dem Auenland, ein einfacher Hobbit vom Lande, und von ihm wurde erwartet, daß er einen Weg finde, den die Großen nicht gehen konnten oder nicht zu gehen wagten. Es war ein böses Schicksal. Aber er hatte es selbst auf sich genommen in seinem eigenen Wohnzimmer in jenem weit zurückliegenden Frühling eines anderen Jahres, so weit zurückliegend, daß es jetzt wie ein Kapitel in einer Geschichte von der Jugend der Welt war, als die Bäume von Silber und Gold noch in Blüte standen. Es war eine böse Entscheidung. Welchen Weg sollte er wählen? Und wenn beide zu Schrecken und Tod führten, welchen Wert hatte dann eine Entscheidung überhaupt? *Die zwei Türme, 289*

Es war nicht vergebens, daß die jungen Hobbits mit uns kamen, und sei's nur um Boromirs willen. Aber das ist nicht die einzige Rolle, die sie zu spielen haben. Sie sind nach Fangorn gebracht worden, und ihr Kommen war wie das Fallen kleiner Steine, das eine Lawine im Gebirge einleitet. *Die zwei Türme, 112*

Bei den großen Entscheidungen der Weltgeschichte, „im Räderwerk der Welt", geben oft nicht die Großen und Mächtigen, nicht einmal die Götter den Ausschlag, sondern die scheinbar Schwachen und Unberühmten – aufgrund des geheimen Lebens in der Schöpfung und desjenigen Teils in ihr, das allem Wissen außer dem des Einen unzugänglich bleibt und durch das auch schon der Eintritt der Kinder Gottes in das Drama bewirkt wurde. *Brief an Milton Waltman, 198*

Erschöpft und mit dem Gefühl, endgültig gescheitert zu sein, setzte er sich schließlich auf eine Stufe unter dem Gang und legte den Kopf in die Hände. Es war still, entsetzlich still. Die Fackel, die schon ziemlich heruntergebrannt war, als er kam, zischte und ging dann aus; und er hatte das Gefühl, daß ihn die Dunkelheit wie eine Flut überrollte. Und dann, zu seiner eigenen Überraschung, jetzt am vergeblichen Ende seiner langen Fahrt und in seinem Kummer, ohne sagen zu können, welcher Gedanke in seinem Herzen ihn dazu angeregt hatte, begann Sam leise zu singen.

Seine Stimme klang dünn und zittrig in dem kalten dunklen Turm: die Stimme eines unglücklichen müden Hobbits, die kein lauschender Ork irrtümlich für den klaren Gesang eines Herrn der Elben hätte halten können. Er murmelte alte kindische Weisen aus dem Auenland und Bruchstücke von Herrn Bilbos Versen, die ihm in den Sinn kamen, gleichsam wie flüchtige Lichtblicke aus seinem Heimatland. Und dann plötzlich erwuchs eine neue Kraft in ihm, und seine Stimme erschallte laut, während Wörter, die er erfand und die zu der einfachen Weise paßten, sich ungeheißen einstellten.

Im hellen Westen blüht es schon,
Von Knospen schwillt der Baum,
Die Finken üben ihren Ton,
Der Wildbach quirlt im Schaum.
Vielleicht auch steht die klare Nacht
Den Buchen ins Gezweig,
hat ihnen Sterne zugedacht
Als elbisches Geschmeid.

Lieg ich auch hier zu guter Letzt
In tiefster Finsternis
Wie ausgeblutet, wie zerfetzt,
Es ist mit doch gewiß:
Die Sonne zieht die hohe Bahn,
Der Stern den milden Lauf,
Solang der Tag noch nicht vertan
Geb ich den Sieg nicht auf.

Die Rückkehr des Königs, 206/207

„Dann sind die alten Prophezeiungen in gewisser Hinsicht ja eingetroffen", bemerkte Bilbo. „Natürlich!" entgegnete Gandalf. „Und warum sollten sie nicht eigetroffen sein? Zweifelt Ihr etwa nur deshalb an den Prophezeiungen, weil Ihr selbst tatkräftig mitgewirkt habt, daß sie in Erfüllung gingen? Ihr glaubt doch nicht etwa, es sei reiner Zufall gewesen, daß Ihr all die Abenteuer bestanden habt und all den Gefahren entkommen seid und daß all das einzig zu Eurem eigenen Nutzen geschehen ist? Ihr seid ein prächtiger Kerl, Mister Beutlin, und ich bin sehr stolz auf Euch. Aber schließlich seid Ihr doch nur ein kleines Pünktchen in einer sehr großen Welt." „Gott sei Dank", sagte Bilbo lachend und reichte ihm die Tabaksdose.

Der kleine Hobbit, 346

Der Ohm zog wieder in Nummer Drei ein; und er sagte oft, und es war ihm gleich, wer es hörte: „Kein Unglück ist groß genug, es trägt nicht niemandem ein Glück im Schoß, wie ich immer sagte. Und Ende gut, alles besser!"

Die Rückkehr des Königs, 341

VI. Elbengesang und Trinklieder

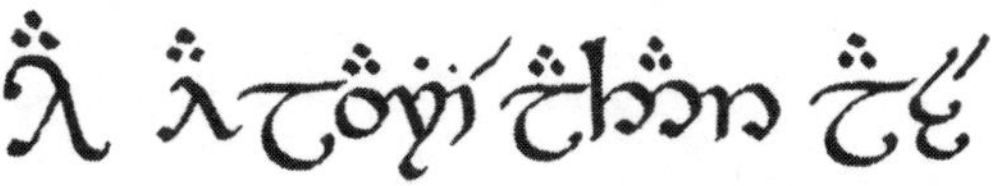

Elbengesang, noch dazu im Juni unterm
klaren Sternenhimmel,
sollte niemand versäumen,
der Musik liebt.

Der kleine Hobbit, 61

Die reine Schönheit

Er langte unter das Hemd und holte einen kleinen Lederbeutel aus weichem Leder hervor. „Ich habe ihm etwas mitgebracht. Der alte Nokes würde es wohl Tand nennen – aber es ist aus Elbland, Ned." Aus der Tasche nahm er einen kleinen silbernen Gegenstand. Er war wie der weiche Stengel einer ganz kleinen Lilie, aus dessen oberem Ende drei zierliche Blüten kamen, die sich wie Glöckchen nach unten neigten. Und es waren Glöckchen, denn wenn man sie leise schüttelte, läutete jede Blüte mit hellem Klang. Bei dem süßen Ton flackerten die Kerzen und leuchteten dann einen Augenblick mit weißem Licht. Ned staunte mit offenen Augen. „Darf ich es mir ansehen, Papa?" sagte er. Er nahm es vorsichtig und schaute in die Blumen hinein. „Eine wunderbare Arbeit!" sagte er. „Und die Glöckchen duften, Papa, wie – ich habe es vergessen."

Der Schmied von Großholzingen, 118

Als Frodo die Binde abgenommen wurde, schaute er auf und hielt den Atem an. Sie standen auf einem freien Platz. Links erhob sich ein großer Hügel, bedeckt mit einem Rasen so grün wie der Frühling in der Altvorderenzeit. Oben wuchsen, wie eine Doppelkrone, zwei Baumkreise: die Bäume des äußeren Kreises hatten eine schneeweiße Rinde und waren blattlos, aber schön in ihrer ebenmäßigen Nacktheit: im inneren Kreis standen sehr hohe Mallornbäume; sie waren noch blaßgolden belaubt. Hoch zwischen den Ästen eines Baumes, der genau in der Mitte stand, leuchtete ein weißes Flett. Zu den Füßen der Bäume und überall auf den grünen Hängen des Hügels war das Gras mit kleinen, goldenen Blüten in Sternform übersät. Zwischen ihnen, die auf schlanken Stengeln nickten, standen noch andere Blumen, weiß und blaßgrün: sie schimmerten wie ein Nebel inmitten der satten Farbe des Grases. Über alledem war der Himmel blau, und die Nachmittagsssonne glühte über dem Hügel und warf lange grüne Schatten unter den Bäumen. – „Schaut! Ihr seid nach Cerin Amroth gekommen", sagte Haldir. „Dies ist das Herz des alten Reichs, wie es vor langer Zeit war, und hier ist der Hügel von Amroth, wo in glücklicheren Tagen sein hohes Haus stand. Hier blühen immerdar die Winterblumen in dem nicht welkenden Gras: die gelbe *elanor* und die blasse *niphredil*. *Die Gefährten, 423*

Und Legoslas, wenn die Fackeln angezündet werden und Menschen auf den sandigen Böden unter den widerhallenden Gewölben einhergehen, ah, dann, Legolas, dann glitzern Edelsteine und Kristalle und Adern von edlen Erzen in den geglätteten Wänden; und das Licht leuchtet durch Marmorfalten, muschelgleich, duchscheinend wie die lebendigen Hände der Königin Galadriel. Da sind weiße und safrangelbe Säulen und rosige wie die Morgenröte, Legolas, geriffelt und verschlungen in traumhaften Formen; sie streben von vielfarbigen Böden empor zu den Schlußsteinen des Daches: Flügel, Stränge, Vorhänge, so zart wie gefrorene Wolken; Speere, Banner, Zinnen von hängenden Palästen! Stille Seen spiegeln sie wider: eine schimmernde Welt schaut herauf aus dunklen Weihern, bedeckt mit klarem Glas; Städte, wie Durins Geist sie sich kaum im Schlaf hätte ausmalen können, erstrecken sich über Prachtstraßen und Säulenhöfe bis zu den dunklen Winkeln, in die kein Licht dringen kann. Und plink! ein silberner Tropfen fällt, und die runden Kringel auf dem Glas lassen alle Türme sich verbeugen, und wie Wasserpflanzen und Korallen in einer Meeresgrotte wogen sie. Dann wird es Abend: sie verblassen und verbleichen; die Fackeln ziehen weiter in eine andere Kammmer und einen anderen Traum. Da ist eine Kammer nach der anderen, Legolas; eine Halle schließt sich an die andere, ein Gewölbe ans andere, Treppe auf Treppe; und immer weiter führen die gewundenen Pfade hinein in das Herz des Gebirges. Höhlen! Die Grotten von Helms Klamm! Ein glücklicher Zufall war es, der mich dorthin verschlug! Es bringt mich zum Weinen, sie zu verlassen."

Die zwei Türme, 172/173

„Für dich, kleiner Gärtner und Freund der Bäume“, sagte sie zu Sam, „habe ich nur ein geringes Geschenk.“ Sie gab ihm ein Kästchen aus einfachem grauen Holz, unverziert bis auf eine einzige Silberrune aud dem Deckel. „Hier steht G, und das soll Galadriel bedeuten“, sagte sie. „Aber in eurer Sprache könnte es Garten bedeuten. In diesem Kästchen ist Erde aus meinem Obstgarten, und was Galadriel noch an Zaubersegen zu vergeben hat, ruht darauf. Es wird dich nicht auf den rechten Weg führen oder vor irgendwelchen Gefahren beschützen; aber wenn du zu guter Letzt wieder in deine Heimat kommst, dann mag es dich vielleicht belohnen. Selbst wenn du alles unfruchtbar und verwüstet finden solltest, wird es wenige Gärten in Mittelerde geben, die so blühen und gedeihen wie dein Garten, wenn du diese Erde dort verstreust. Dann magst du dich an Galadriel erinnern und einen flüchtigen Blick des fernen Lórien erhaschen, das du nur in unserem Winter gesehen hast. Denn unser Frühling und unser Sommer sind vorbei, und man wird sie nie wieder auf Erden sehen, es sei denn in der Erinnerung.“ *Die Gefährten, 453*

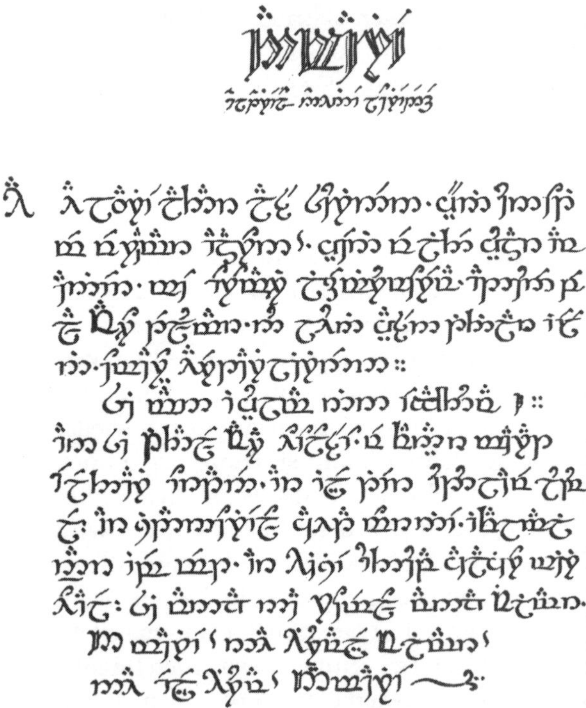

Namárië – Lebewohl

Galadriels Klage in Lórien

Namárië

'farewell'

Altariello nainië Lóriendesse

'Galadriel's lament in Lórien'.

Ai! láurië lantar lássi súrinen, |
yéni únótimë ve rámar áldaron! |||
Yéni ve línte yúldar avánier
mi oromárdi lísse-miruvóreva ||
Andúne pélla, Vardo téllumar
nu luini, yassen tíntilar i éleni
ómaryo aire-tári-lírinen. |||

Sí man i yúlma nin enquántuva? |||

An sí Tintallë Várda Oiolossëo |
ve fányar máryat Elentári órtanë, ||
ar ílye tíer úndu-lávë lúmbulë; |||
ar sínda-nórië-llo caita mórnië
i fálmalínnar imbe met, || ar hísië
untúpa Calacíryo míri oialë. ||
Sí vánwa ná, Rómello vánwa, Válimar! |||

Namárië! ||| Nai hiruvályë Válimar. ||
Nai élye hiruva. || Namárië! |||

Haine und dichte Gebüsche gab es mit Tamarisken und scharfen Terpentinpistazien, mit Oliven und Lorbeer; und es gab Wacholder und Myrten; und Thymian, der in Büschen wuchs oder mit seinen holzigen kriechenden Trieben verborgene Steine mit dunklen Teppichen überzog; Salbeien vielerlei Arten trugen blaue oder rote oder blaßgrüne Blüten; und Majoran und frisch sprießende Petersilie und viele Kräuter, deren Formen und Gerüche Sams Gartenkunde überstiegen. Die Grotten und Felswände waren schon besternt mit Steinbrech und Mauerpfeffer. Schlüsselblumen und Anemonen erwachten in den Haselbüschen; und Narzissen und viele Lilienblüten nickten mit ihren halbgeöffneten Köpfen im Gras: dunkelgrünes Gras wuchs an den Weihern, kühlen Mulden, in denen herabstürzende Bäche auf ihrer Wanderung hinab zum Anduin verweilten.

Die zwei Türme, 296

Von den kleinen Freuden des Lebens

Es gab einmal ein Dorf – für Menschen mit gutem Gedächtnis ist es nicht lange her, und für solche, die gut ausschreiten können, nicht weit fort. Großholzingen hieß es, denn es war größer als Kleinholzingen, das einige Meilen weiter tief in den Wäldern lag. Sehr groß war es aber auch nicht, doch seinerzeit wohlhabend, und es lebte darin eine Anzahl Menschen, gute und böse, bunt durcheinander, wie stets und überall. Auf seine Weise war es ein bemerkenswertes Dorf, denn man kannte es im ganzen Land rundum wegen der Kunstfertigkeit, die seine Handwerker auf verschiedenen Gebieten besaßen; vor allem aber kannte man es wegen seiner Kochkunst. Es besaß eine große Küche, die dem Dorfrat gehörte, und der Küchenmeister war eine angesehene Persönlichkeit. Das Haus des Kochs und die Küche stießen an den Großen Saal, das größte, älteste und schönste Gebäude am Ort. Es war aus festem Stein und fester Eiche gefügt und in gutem Stand, wenn auch nicht mehr bemalt und vergoldet wie ehedem. In diesem Saal hielten die Dorfbewohner ihre Zusammenkünfte und Beratungen, ihre öffentlichen Feiern und Familientage. So hatte der Koch genug Arbeit, denn zu all diesen Gelegenheiten mußte er ein passendes Mahl richten. Für die Feste, von denen es im Verlauf eines Jahres eine große Zahl gab, wurde ein umfangreiches und üppiges Mahl als passend erachtet. *Der Schmied von Großholzingen, 92*

Es war keine Zeit der Eile oder Hetze. Denn Schaffen muß nicht Hetzen sein. Die Menschen taten ihre Arbeit in aller Ruhe; und sie verstanden kräftig zuzupacken und sich gut dabei zu unterhalten. Es gab viel, worüber man reden konnte, denn es begaben sich ständig denkwürdige Ereignisse. Zu dem Zeitpunkt da diese Geschichte beginnt, war allerdings schon reichlich lange nichts Denkwürdiges mehr in Ham vorgefallen. Das behagte dem Bauern Giles von Grund auf: er war einer von den Langsamen, ein Mensch mit ziemlich wohlgeregelten Gewohnheiten und vollauf mit seinen eigenen Angelegenheiten beschäftigt. Er hatte alle Hände voll zu tun (sagte er), den Wolf von der Tür fern zu halten, das heißt: selbst so wohlgenährt und sorgenfrei zu bleiben, wie vordem sein Vater war. Der Hund half ihm dabei eifrig. Keiner von beiden schenkte der Welt außerhalb ihres Feldes, des Dorfes und des nächsten Marktes sonderliche Beachtung. *Farmer Giles von Ham, 23*

Hobbits pflegen an ihren Geburtstagen anderen Geschenke zu machen. In der Regel nicht sehr teure und nicht so verschwenderische wie bei dieser Gelegenheit; aber es war kein schlechtes System. Denn da in Hobbingen und Wasserau an jedem Tag des Jahres irgend jemand seinen Geburtstag feierte, hatte jeder Hobbit in diesen Gegenden gute Aussicht, mindestens einmal wöchentlich mindestens ein Geschenk zu bekommen. Doch wurde es ihnen niemals über. *Die Gefährten, 42*

Pippin konnte sich später kaum an das Essen oder Trinken erinnern, denn er war so erfüllt von dem Leuchten auf den Gesichtern der Elben und dem Klang so vielfältiger und schöner Stimmen, daß er sich wie in einem Wachtraum vorkam. Aber er erinnerte sich, daß es Brot gab, wohlschmeckender, als ein köstlicher weißer Laib einem Verhungernden erscheinen mag, und Früchte, süß wie wilde Beeren und schmackhafter als in Gärten gezogenes Obst; er leerte einen Becher, gefüllt mit einem duftenden Getränk, kühl wie eine klare Quelle, golden wie ein Sommernachmittag. Sam konnte niemals mit Worten beschreiben und auch nicht sich selbst deutlich erklären, was er in jener Nacht dachte oder fühlte, obwohl es ihm im Gedächtnis blieb als eines der wichtigsten Ereignisse seines Lebens. Am nächsten kam er seinen Gefühlen noch, wenn er sagte: „Ja, Herr, wenn ich solche Äpfel ziehen könnte, würde ich mich einen Gärtner nennen. Aber der Gesang war es, der mir zu Herzen ging, wenn du weißt, was ich meine." *Die Gefährten, 109*

1420 war überhaupt ein wunderbares Jahr im Auenland. Es gab nicht nur herrlichen Sonnenschein und köstlichen Regen, jeweils zur rechten Zeit und in genau der richtigen Menge, sondern es schien noch etwas mehr zu sein: ein Hauch von Fülle und Fruchtbarkeit und ein Schimmer von Schönheit über das Maß sterblicher Sommer hinaus, wie sie über dieser Mittelerde aufflackern und vergehen. Alle in jenem Jahr geborenen oder empfangenen Kinder, und es waren viele, waren schön anzusehen und kräftig, und die meisten von ihnen hatten blondes Haar, was vorher unter Hobbits selten gewesen war. Früchte gab es so reichlich, daß junge Hobbits fast in Erdbeeren und Schlagsahne badeten.

Die Rückkehr des Königs, 343

VII. „Um jeden Preis die alten Helden achten“

Um jeden Preis wollen wir
die alten Helden achten: Es sind Menschen
in den Ketten widriger Umstände
oder des eigenen Charakters;
sie werden von einander widerstreitenden,
gleichermaßen heiligen Pflichten zerrissen
und sterben mit dem Rücken zur Wand.

Beowulf, 163

Von Freiheit und Verantwortung

„Einer, der in der Not nicht einen Schatz wegwerfen kann, ist in Fesseln.“ *Die zwei Türme, 192*

„Es ist schwer, irgendeiner Sache sicher zu sein bei so vielen Wundern. Die Welt ist ganz seltsam geworden. Elben und Zwerge wandern gemeinsam über unsere alltäglichen Weiden; und Leute sprechen mit der Herrin des Waldes und sind dennoch am Leben; und das Schwert, das geborsten war in den langen Zeitaltern, ehe die Väter unsere Väter in die Mark ritten, kehrt zurück in den Krieg! Wie soll ein Mensch beurteilen, was er in solchen Zeiten tun soll?“ – „Wie er immer geurteilt hat“, sagte Aragorn, „Gut und Böse haben sich nicht in jüngster Zeit geändert; und sie sind auch nicht zweierlei bei Elben und Zwergen auf der einen und Menschen auf der anderen Seite. Ein Mann muß sie unterscheiden können, im Goldenen Wald ebenso wie in seinem eigenen Haus.“ *Die zwei Türme, 43*

Die tapferen Taten in den alten Geschichten und Liedern, Herr Frodo: Abenteuer, wie ich sie immer nannte. Ich glaubte, das wären Taten, zu denen die wundervollen Leute in den Geschichten sich aufmachten und nach denen sie Ausschau hielten, weil sei es wollten, weil das aufregend war und das Leben ein bißchen langweilig, eine Art Zeitvertreib, könnte man sagen. Aber so ist es nicht bei den Geschichten, die wirklich wichtig waren oder bei denen, die einem im Gedächtnis bleiben. Gewöhnlich scheinen die Leute einfach hineingeraten zu sein – ihre Wege waren nun einmal so festgelegt, wie du es ausdrückst. Aber ich nehme an, sie hatten eine Menge Gelegenheiten, wie wir, umzukehren, nur taten sie es nicht. Und wenn sie es getan hätten, dann wüßten wir's nicht, denn dann wären sie vergessen worden. *Die zwei Türme, 369*

„Nun, Frodo“, sagte Aragorn schließlich. „Ich fürchte, die Bürde ist dir aufererlegt. Du bist der vom Rat bestimmte Träger. Deinen eigenen Weg kannst nur du allein wählen. In dieser Sache kann ich dir nicht raten. Ich bin nicht Gandalf, und obwohl ich versucht habe, seine Rolle zu übernehmen, weiß ich doch nicht, welchen Plan oder welche Hoffnung er für diese Stunde hatte, falls er überhaupt einen Plan hatte. Höchstwahrscheinlich würde, wenn er jetzt hier wäre, die Entscheidung doch dir überlassen bleiben. Das ist nun einmal dein Schicksal." *Die Gefährten*, 477

Galadriel lachte plötzlich hell auf. „Weise mag Frau Galadriel sein", sagte sie, „doch hier hat sie einen gefunden, der ihr an Höflichkeit gleichkommt. Mit Liebenswürdigkeit rächst du dich dafür, daß ich dein Herz bei unserer ersten Begegnung auf die Probe gestellt habe. Du beginnst, mit scharfen Augen zu sehen. Ich leugne nicht, daß mein Herz sehr begehrt hat, um das zu bitten, was du anbietest. Viele lange Jahre habe ich darüber nachgesonnen, was sich tun würde, wenn mir der Große Ring in die Hände fiele, und siehe da! er ist in meiner Reichweite. Das Böse, das vor langer Zeit erdacht war, wirkt auf mancherlei Weise, ob Sauron selbst steht oder fällt. Würde das nicht eine edle Tat gewesen sein, die dem Einfluß seines Ringes zuzuschreiben wäre, wenn ich ihn meinem Gast mit Gewalt oder unter Drohungen angnommen hätte? – Und nun ist es endlich soweit. Du willst mir den Ring freiwillig geben! Anstelle des Dunklen Herrschers willst du eine Königin einsetzen. Und ich werde nicht dunkel sein, sondern schön und entsetzlich wie der Morgen und die Nacht! Schön wie das Meer und die Sonne und der Schnee auf dem Gebirge! Grausam wie der Sturm und der Blitz! Stärker als die Grundfesten der Erde. Alle werden mich lieben und verzweifeln!" – Sie hob die Hand, und von dem Ring, den sie trug, ging eine starkes Licht aus, das nur sie allein erleuchtete und alles andere dunkel ließ. Sie stand vor Frodo und schien jetzt unermeßlich groß zu sein, und unerträglich schön, entsetzlich und verehrungswürdig. Dann ließ sie die Hand sinken, und das Licht verblaßte, und plötzlich lachte sie wieder, und siehe da! sie war geschrumpft: eine schlanke Elbenfrau, in einfaches Weiß gekleidet, deren liebliche Stimme leise und traurig war. „ich bestehe die Prüfung", sagte sie. „ich werde schwächer werden und in den Westen gehen und Galadriel bleiben." *Die Gefährten, 441*

Und plötzlich spürte er das Auge. Da war ein Auge in dem Dunklen Turm, das nicht ruhte. Er wußte, daß es seinen Blick bemerkt hatte. Ein grimmiger, entschlossener Wille war da. Es sprang ihm entgegen; fast wie ein Finger fühlte er es nach ihm suchen. Sehr bald würde es ihn aufspüren und genau wissen, wo er war. Es strich über Amon Lhaw. Es blickte auf Tol Brandir – Frodo ließ sich von dem Sitz fallen, kauerte sich zusammen und zog sich die graue Kapuze über den Kopf. Er hörte sich selbst aufschreien: *Niemals! Niemals!* Oder hatte er gerufen: *Wahrlich, ich komme, ich komme zu dir?* Er wußte es nicht. Dann schoß ihm ein anderer Gedanke in den Sinn, als ob er ihm von einer anderen Macht eingegeben worden sei: *Nimm ihn ab! Nimm ihn ab! Narr, nimm ihn ab! Nimm den Ring ab!* Die beiden Mächte kämpften in ihm. Gleichsam durchbohrt von der Stoßkraft ihrer Angriffe, wand er sich einen Augenblick lang in Qualen. Plötzlich wurde er sich wieder seiner selbst bewußt. Frodo, weder die Stimme noch das Auge: frei, sich selbst zu entscheiden, und nur ein Moment blieb ihm für diese Entscheidung. Er zog den Ring vom Finger. Er kniete im hellen Sonnenschein vor dem Hochsitz. Ein schwarzer Schatten wie ein Arm schien über ihn hinwegzuziehen; er verfehlte Amon Hen und suchte weiter im Westen und verblaßte. Dann war der ganze Himmel klar und blau, und Vögel sangen in jedem Baum.

Die Gefährten, 483/484

Dann schien es Frodo, als höre er, ganz deutlich, aber weit entfernt, Stimmen aus der Vergangenheit:

Welch ein Jammer, daß Bilbo dieses elende Geschöpf nicht erdolcht hat, als er die Gelegenheit dazu hatte!

Ein Jammer? Ihn jammerte Gollum. Mitleid und Erbarmen hielten seine Hand zurück: nicht ohne Not wollte er töten.

Ich empfinde kein Mitleid für Gollum. Er verdient den Tod.

Verdient ihn! Das will ich glauben. Viele, die leben, verdienen den Tod. Und manche, die sterben, verdienen das Leben. Kannst du es ihnen geben? Dann sei auch nicht so rasch mit einem Todesurteil bei der Hand, weil du um deine eigene Sicherheit fürchtest. Denn selbst die Weisen können nicht alle Absicht erkennen. *Die zwei Türme, 254*

Sams Hand zitterte. Er war außer sich vor Zorn, als er an Gollums ganze Bosheit dachte. Es wäre gerecht, dieses verräterische, mörderische Geschöpf zu erschlagen, gerecht und vielmals verdient; und außerdem die einzige Möglichkeit, diese Gefahr auszuschalten. Doch tief in seinem Herzen war etwas, das ihn zurückhielt: er konnte dieses Wesen nicht erschlagen, das da im Staub lag, verlassen, vernichtet. Durch und durch unglücklich. Er selbst hatte, wenn auch nur eine kleine Weile, den Ring getragen und konnte sich jetzt die Qualen des verkümmerten

Gollum einigermaßen vorstellen, Sklave des Rings und unfähig, je im Leben wieder Frieden und Erlösung zu finden. Aber Sam fehlten die Worte, um auszudrücken, was er empfand. *Die Rückkehr des Königs, 250*

„Natürlich ist es recht wahrscheinlich, meine Freunde", sagte er bedächtig, „recht wahrscheinlich, daß wir unserem Schicksal entgegengehen: der letzte Marsch der Ents. Aber wenn wir zu Hause blieben und nichts täten, würde uns das Schicksal früher oder später doch ereilen. Dieser Gedanke hat sich schon lange in meinem Herzen festgesetzt; und das ist der Grund, warum wir jetzt marschieren. Es war kein hastiger Entschluß. Nun mag der letzte Marsch der Ents wenigstens ein Lied wert sein. Freilich", seufzte er, „werden wir vielleicht anderen Leuten helfen, ehe wir dahinscheiden. Immerhin hätte ich es gerne erlebt, daß die Lieder über die Entfrauen wahr werden. Von Herzen gerne hätte ich Fimbrethil wiedergesehen. Aber so ist es nun mal, meine Freunde, Lieder tragen wie Bäume nur Früchte zu ihrer Zeit und auf ihre Weise; und manchmal sind sie vorzeitig verdorrt." *Die zwei Türme, 100*

„Ach, ich kann es nicht voraussehen, und wie es geschehen wird, ist mir verborgen. Doch mit Eurer Hoffnung will ich hoffen. Und den Schatten weise ich entschieden zurück. Aber auch die Dämmerung, Herrin ist nicht für mich. Denn ich bin sterblich, und wenn Ihr zu mir haltet, Abendstern, dann müßt Ihr auch der Dämmerung entsagen." Und sie stand still da wie ein weißer Baum und blickte gen Westen, und schließlich sagte sie: „Ich will zu Euch halten, Dúnadan, und mich von der Dämmerung abwenden. Doch dort liegt das Land meines Volkes und auf lange das Heim meiner ganzen Sippe." Sie liebte ihren Vater sehr. *Die Rückkehr des Königs, 356/357*

Von Königen, Heilern und Rittern

Wir sollen in Sir Gawain nach seiner letzten Beichte also einen Menschen von reinem Gewissen sehen, der wie jeder andere tapfere und fromme Mann (allerdings nicht so sehr wie ein Heiliger) imstande ist, sich in Erwartung des Todes mit dem Gedanken aufrechtzuhalten, daß Gott letztlich den Redlichen schützen werde. Das besagt nicht nur, daß er den Versuchungen der Dame standgehalten hat, sondern auch, daß sein ganzes Abenteuer für ihn ein redliches oder wenigstens doch rechtmäßiges Vorhaben ist.

Sir Gawain und der Grüne Ritter, 133

„Einsame Männer sind wir, Waldläufer in der Wildnis, Jäger – aber gejagt haben wir immer die Diener des Feindes; denn sie sind an vielen Orten zu finden, nicht nur in Mondor. Wenn Gondor, Boromir, eine tapfere Feste gewesen ist, dann haben wir eine andere Rolle gespielt. Viele böse Dinge gibt es, denen Eure

starken Mauern und blitzenden Schwerter nicht Einhalt gebieten. Ihr wißt wenig von den Ländern jenseits Eurer Grenzen. Frieden und Freiheit sagt Ihr? Der Norden hätte wenig Frieden und Freiheit gehabt, wenn wir nicht gewesen wären. Angst hätte diese Länder vernichtet. Aber wenn finstere Wesen aus den hauslosen Bergen kommen oder aus sonnenlosen Wäldern herauskriechen, dann fliehen sie vor uns. Welche Straßen würde man noch entlangzuziehen wagen, welche Sicherheit gäbe es in ruhigen Ländern oder nachts in den Häusern der einfachen Leute, wenn die Dunedain nicht wachten oder wenn sie schon alle ins Grab gesunken wären?
Und doch ernten wir weniger Dank als Ihr. Wanderer betrachten uns mit Argwohn, und die Leute vom Lande geben uns verächtliche Namen.“ *Die Gefährten, 302*

„Fürchtet euch nicht!“ sagte eine fremde Stimme hinter ihm. Frodo wandte sich um uns sah Streicher, und doch nicht Streicher, denn der wetterharte Waldläufer war nicht mehr da. Im Heck saß Aragorn, Arathorns Sohn, stolz und aufrecht, und lenkte das Boot mit geschickten Schlägen; seine Kapuze war zurückgeworfen, und sein dunkles Haar flatterte im Wind, und ein Licht schimmerte in seinen Augen: ein König, der aus der Verbannung in sein eigenens Land zurückkehrte.

Die Gefährten, 474

Ob Aragorn nun wirklich irgendeine vergessene Kraft von Westernis besaß, oder ob es nur seine Worte über Frau Éowyn waren, die sich auf die Umstehenden auswirkten, doch als der süße Balsam des Krauts durch das Zimmer strömte, war ihnen, als ob ein scharfer Wind durch das Fenster wehte, und er brachte keinen Duft, sondern es war eine völlig frische und saubere und junge Luft, als ob noch kein Lebewesen in ihr geatmet habe und sie neu erschaffen von schneeigen Bergen hoch unter der Sternenkuppel herabgekommen sei, oder von silbernen Gestaden in weiter Ferne, bespült vom Meer.

Die Rückkehr des Königs, 159 / 160

„Der König unter dem Berg,
der Herr im edlen Gestein,
der Fürst der silbernen Quellen,
kehrt in sein Eigen heim.

Die Krone wird wieder glänzen,
die Harfe wird neu gespannt,
im goldenen Echo der Hallen
klingt wieder sein Lied ins Land.

Die Wälder unter der Sonne,
sie rauschen, als wehte ein Wind,
das Silber steigt aus den Quellen,
das Gold in Strömen rinnt.

Dann eilen die fröhlichen Flüsse,
dann glänzen die Seen vor Glück,
die Sorgen vergehen und der Kummer:
Der König kehrt wieder zurück!“

Der kleine Hobbit, 228

In seiner Zeit wurde die Stadt schöner gemacht, als sie je gewesen war, selbst in den Tagen ihrer ersten Blüte; und sie erhielt eine Fülle von Bäumen und Springbrunnen, und ihre Tore wurden aus Mithril und Stahl geschmiedet und die Straßen mit weißem Marmor gepflastert; und das Volk des Waldes freute sich herzukommen; und alles wurde heil und gut gemacht, und die Häuser wurden mit Männern und Frauen und dem Lachen von Kindern erfüllt, und kein Fenster war öde und kein Hof verlassen; und nach dem Ende des Dritten Zeitalters der Welt bewahrte die Stadt bis in das neue Zeitalter hinein die Erinnerung und den Glanz der Jahre, die vergangen waren. *Die Rückkehr des Königs, 278*

Quellenverzeichnis

Die Texte wurden aus folgenden Quellen ausgewählt:

J. R. R. Tolkien, Der Herr der Ringe, Bd. 1: Die Gefährten; Bd. 2: Die zwei Türme; Bd. 3: Die Rückkehr des Königs. Stuttgart: Ernst Klett Verlag, 1969/70.

ders., Fabelhafte Geschichten, darin: Bauer Giles von Ham, Der Schmied von Großholzingen, Blatt von Tüftler. Stuttgart: Klett-Cotta, 1975.

ders., Der kleine Hobbit, Recklinghausen: Georg Bitter-Verlag, 10. neu bearbeitete Auflage, 1991.

ders., Das Silmarillion, hrsg. v. Christopher Tolkien, Stuttgart: Klett-Cotta, 1978.

ders., Herr Glück, Stuttgart: Klett-Cotta, 1983.

ders., Gute Drachen sind rar. Drei Aufsätze, hrsg. von Christoher Tolkien, Stuttgart: Klett-Cotta 1983, daraus: Über Märchen und Beowulf: Das Ungeheuer und die Kritiker.

ders., Sir Gawain und der Grüne Ritter, in: Die Ungeheuer und ihre Kritiker. Gesammelte Aufsätze, Stuttgart: Klett-Cotta, 1987.

ders., Brief an Milton Waldman, in: J. R. R. Tolkien. Briefe, hrsg. v. Humphrey Carpenter unter Mitwirkung von Christopher Tolkien, Stuttgart: Klett-Cotta, 1991.

ders. u. Donald Swann, The Road goes ever on, London: George Allen & Unwin, 1978.

Liebevoll gestaltete Lebensworte

Leonard Bernstein
Worte wie Musik
Hrsg. und eingeleitet von Harald Schützeichel
128 Seiten, gebunden · ISBN 3-451-22592-1

Phil Bosmans
Worte zum Menschsein
Ausgew. von Ulrich Schütz
10. Auflage, 128 Seiten, gebunden · ISBN 3-451-20688-9

Fjodor M. Dostojewskij
Worte wie Spiegel
Vorwort und hrsg. von Rudolf Stertenbrink
6. Auflage, 120 Seiten, gebunden · ISBN 3-451-20025-2

Eugen Drewermann
Worte für ein unentdecktes Land
Hrsg. und eingeleitet von Karin Walter
2. Auflage, 128 Seiten, gebunden · ISBN 3-451-22065-2

Albert Einstein
Worte in Zeit und Raum
Ausgew. und eingel. von Sigurd Daecke
128 Seiten, gebunden · ISBN 3-451-22398-8

Michael Ende
Worte wie Träume
Einl. und hrsg. von Erich Joos
128 Seiten, gebunden · ISBN 3-451-22298-1

Theodor Fontane
Worte, die von Herzen kommen
Hrsg. und eingeleitet von Maja Ueberle-Pfaff
128 Seiten, gebunden · ISBN 3-451-22939-0

Erich Fromm
Worte wie Wege
Hrsg. von Rainer Funk
144 Seiten, gebunden · ISBN 3-451-21053-3

Mahatma Gandhi
Worte des Friedens
Ausgew. und eingeleitet von Maria Otto
8. Auflage, 127 Seiten, gebunden · ISBN 3-451-20088-0

Khalil Gibran
Worte wie die Morgenröte
Ausgew. und eingeleitet von Maria Otto
128 Seiten, gebunden · ISBN 3-451-21185-8

Johann Wolfgang von Goethe
Worte zur Erfüllung
Hrsg. und eingeleitet von Maria Otto
128 Seiten, gebunden · ISBN 3-451-21802-X

Vincent van Gogh
Worte wie Feuer
Hrsg. und eingeleitet von Maria Otto
8. Auflage, 128 Seiten, gebunden · ISBN 3-451-19957-2

Hermann Hesse
Worte wie Feuer
Hrsg. von Maria Otto
3. Auflage, 128 Seiten, gebunden · ISBN 3-451-20860-1

Rainer M. Rilke
Worte, die verwandeln
Hrsg. und eingeleitet von Adelheid Nießen
2. Auflage, 128 Seiten, gebunden · ISBN 3-451-21486-5

Antoine de Saint-Exupéry
Worte wie Sterne
Hrsg. und eingeleitet von Maria Otto
20. Auflage, 120 Seiten, gebunden · ISBN 3-451-19700-6

Albert Schweitzer
Worte über das Leben
Ausgew. und eingeleitet von
Harald Schützeichel
128 Seiten, gebunden · ISBN 3-451-22060-1

Carl Friedrich von Weizsäcker
Worte für ein neues Bewußtsein
Einl. von Hartmut von Henting,
hrsg. von Rudolf Walter
4. Auflage, 128 Seiten, gebunden · ISBN 3-451-21287-0

Elie Wiesel
Worte wie Licht in der Nacht
Hrsg. von Rudolf Walter
3. Auflage, 128 Seiten, gebunden · ISBN 3-451-21080-0

Worte wie Spuren
Weisheit der Indianer
Hrsg. und eingeleitet von Maria Otto
6. Auflage, 128 Seiten, gebunden · ISBN 3-451-20552-1

Verlag Herder Freiburg · Basel · Wien